M9001

藍 色 獸

覊 魂 詩 集

幾句話

羈魂着我給他的集子寫一篇序。提起寫序這回事，怕怕。第一、未寫過這種之乎者也；第二、有示人以老資格之嫌，非我所欲。是以，不如變通一下，說是說幾句，來得較好一點。事實上，我雖寫詩十多年，敲開個中的門，還是近幾年的事。即是說我能有辨別一首詩好壞的能力。要有辨別一首詩好壞的能力並不太容易，換言之，在寫詩的歷程上，自己不知碰了多少釘子，相信這種痛苦的體驗，大凡寫詩的朋友都有過的。

不過，其間有一點小小的分別。那就是一首詩離開製作者之後，在鑑賞的階段，會或多或少遭遇到一些不幸。新近的事例，如戴天的「蛇」，就受很多人非難；戴天對「蛇」期望很高，就我個人言，雖不失敗，我還是偏愛他的「京都」多一點。這就是不幸。因此，一涉及批評，我認為必須清楚我們批評的是那一類的詩，庶幾可以減少一些無謂的答辯。

羈魂的詩，一向給我的印象是——警句多，佳章少。也許羈魂要表現的東西太多，未能集中於一點出擊，我們讀他的短詩和組詩，即得出一個差距。這是羈魂要比他的同代詩人如淮遠、鍾玲玲較爲吃虧的。

我知道羈魂很喜歡洛夫。洛夫的毛病就是把詩擰了又擰，全不給讀者以呼吸的餘地。「石室之死亡」可爲印證。意象透明不等於膚淺。洛夫的成就在「西貢詩鈔」和「外外集」。羈魂在這方面努力，大概不會是一個錯引的路向。

羈魂的詩，我們已經看到諷刺的一面，但單有諷刺還是不夠的，至多成爲第一流的詩人而已。偉大的詩人還要有一種「同情」，通過這種「同情」，我們才能看到事物不變的基形。這種「同情」我稱它做近仁。每種事物都有卒然來臨的挑戰的，一不留神，覺來已無處可尋了。

羈魂是個很有希望的詩人，他給我的信心是——「以眉鎮住衆眼的恐懼」，這種英雄色彩是驚人的。在我們的世代，自信對人，未免顯得陌生和缺乏。

另外，羈魂眼中的世界也很悲涼（如「巨像」的結句），唯其悲涼，我們活着就有一定的意義了。

不是序。

一九七〇年九月十三日 北角

蔡炎培

目錄

丁未　廣額的徘徊

戊申　剝落的感性

乙巳　澱藍的構思

藍色獸

To whom it may not concern

（序）

設使我曾在此城把思維割殺如馴羊
我便永不會成爲一頭獸
（一頭很藍很婪的獸）

（一）

那人總讓笑容蓋過了他自己
愧我非如是　只因
我是一團凝滯在血漿中的膿液
實在得使人吃不消　且有惡痛

而我總愛用唇去咬住風
幻想自己是一灘夏日的汗香
去咒罵太陽　咒罵跳蚤
咒罵所有假作跛行的跣足

（二）

你來　以眉鎭住衆眼的恐懼
是手便抽出我囚室的光線
倘使我是易經裡的龍
我將有變色之癖
掌中的河川急放爲大地兒女
眸色成火　焚去那壓擠出的疲憊
思想遂給定名爲多餘——
你可曾說走索者便是我無名的名字？

（三）

死亡給串成爲一束美麗的詩篇
贈予我於一個並不算夜眠的晨
委實早年我就毀滅過——
以雪崩的姿態去毀滅太陽的結晶
浮誇是裸乳的瘋婦　常強迫路人
吸啜腥澀的汁液
且自命爲誘人與被誘者的矛盾
之後　便晾晒虹下　一若破裳

（四）

祭台上　他宣讀十字架的荒唐
智慧便如餓貓在情感的屋脊上嘩叫
鬍子藍得溺去了憤怒？
自從我們把傳統的烟蒂疏忽地擲掉
誰會料到它可以燎燒待拓的荒原？
童貞被破損得成風後殘雲

可憐藍色同遭肢解　若兎于教桌上
然我仍企圖要倣作出一個無知的唇姿

（五）

理想躲在自垂的幔幕內　冀待
强弩末攜來的孔與光
他們愛把麻木與瘋狂交替的推向我
我就把夢挑往髮上把它染藍
且以企鵝之姿向冰雪索取聰明
舌頭給時針勾住隨之瞎跑
皮膚被灼得失去了感應——
我是獸　吼在沒有影子的森林

（六）

衝動自靈魂的破窗撲進後又逸出
遂昇起一面如我面的白旗

喉音化血　時湧退地逼出了熱的意義
意義乃一換名的騙子　瞞去一季的望
還以寡婦的亡兒自居來盜我的憐
愛情是一株爬牆花　連電線也要纏住
昨日是一叢未剪的荒草或芳草
而我　則是瞌睡未醒的老園丁

（七）

時代掛在歷史的烟囱下　如長襪
枯候老人童心的贈惠
恨我不甘把軀殼扮作琳瑯的聖誕樹
屢欲以陋姿映印在白白的賀咭上
遙寄與駱駝客與牧羊人
洪秀全以耶穌爲兄　我則以
撒旦爲友　更乞取一闋平安夜的變調
撒在第七個快將來臨的　旦

（八）

虛無的存在　存在的虛無
慾念乃過盛毛髮　不剃不快
重音符響後　我把鍍金的杖遞向你
顯示吊燈下的尊嚴已棄如乾淚之燭
錯誤以犬嗅的姿勢向我糾纏
猶甚于黑鉛字在白書紙上的誘惑
遂交叉雙足去構思一顆七夕星的愁態
構思它或會轉成澱藍

（九）

在迴響中把骨骼堆成任何意識
葉萎降于孽後　那乾枯了的潮濕
髮黑得不能容納亦能容納所有儲存其中
我的未來乃一早經安排的唱片

一切的抑仰雖未知然必無從逃避
而命運那跳皮的小野貓常在
可愛時匿躲　可厭時跟隨
一如我之劣根我之淚

（十）

宇宙是斷螳臂的車刻下了萬道血痕
在神的塵座下　我們以蓮花爲憂
　　　　　　　以菩提爲慮
猶如我在醉後害怕清醒一般
遂培養了雪的感情和霧的感性
尤以我眸色在讓無知與無聊雄踞之後
只因我是一頭很秀很瘦的獸
　　亦是個很藍很棼的男

——六五、八、

斷夢之形

(一)

號角響罷，我們來自醉後的最後
一個姿勢便裸揭了向日葵的遺背
夢連在藕絲上自夢爲一仍繫臍帶的胚胎
我遂打滾於亘蟒與亘網間
求喊出太陽逝去時的那一片　霞

(二)

他們捧出頭顱喚賣以胡奎的嗓子

一輛黑箱車便載入耶穌的老頽
影子傴促眉宇——壓得它彎如欲折之弓
聲若洪鐘　惜破於扣槃的笑話內
因太陽正是那柄刺不死秦王的匕首

（三）

我是頭稱鳥於獸羣稱獸於鳥羣的笨蝙蝠
他們常奉我的面具爲金色的神
反而棄我底眼神於廬山後
或者我的舌頭眞的是一管錯插的藥針
不能見血却挑引出一次次餓豹的失常

（四）

噢！我們來時不正賣弄着哭聲麽？
生命原是悲劇——却騙到不自己的淚珠

一場鬧玩於閉幕後徒博來一聲哄然
之後連上主都為自己猶有童心而失笑
主啊！你的第七天何不早點與我？

（五）

我把高尖的顴骨割削溜進來的光
光是弓　在靈魂的破杯中顯出蛇的幻象
我笑得使風都停駐在鼻尖上
糾纏那蛇强要為牠添足
如此無聊　風光乃沿唇際繞旋

（六）

我狼食了一桌理智使之頓成狼藉
希冀止阻黃昏際此要剩餘一叢盡燼
很啞巴死去的那山哟

把一抹殘陽都偷到樂昌塚後
一頭振翅的蟬正化溶於悠長的柔腸內

（七）

鼓聲喚不醒王粲倒屣殊榮之耿耿
說愁的棄疾在千夫指下伏作孺子汗牛
有掌劈向閉門的世紀　取電閃之勁
笛子把溪流上的泡沫貫連以單調
每一種笑容俱踏死於長河落日底默默裏

（八）

我赤身在信用的藩籬上流浪
轟隆象徵空洞如空洞顯示於盲瞳
他們用熱情塗在粉刺上自作解嘲
猶之青春在紋上的餘歡一般可貴

掛禁果的白唇或需以汗爲培植血爲粉飾

（九）

接觸希望如長短針之偶然重叠
我曾抗議被識爲水——
雖浮游於現實齒輪之間
然每一下擊打都蘊藏不得半分熱能
遂比感情爲滑牆雨珠　急落得近乎浪費

（十）

蒙塵此際　有歷史哭着扉頁的霉黃
夜漸濃　如肺癆病者之唾沫
他們打着平陽的旗號去宣揚今天的勝利
可憐我仍强求把斷夢再加湊砌爲磁石
去吸納他們鐵的臉龐於兩臂之間

(十一)

我挖出眼珠企冀死黑會轉化血紅
一條廻廊早把所有聲音吃盡
拘謹得如危坐艶妝女傍——
因虛名是雙初熟的雛乳
誘出我指舌的奢幻　若驟降之無常

(十二)

蘆葦如我　搖在止有止水的地方
止水在我血脈中暗流不止　那可怕的衝突
我便溺淹理想於那簪紅花的少女底笑裏
還魂於石室　舞姿翩而實偏
以首面壁　腦後的喧嘩逝於腦前

（十三）

黑姆指跳皮若蚤
跳上睡虎那將張的眼皮
我欲伸千手去擁抱一切——
他們拭目　待觀我的步伐徐陞若青雲
咳咳　誰效造物者那一響輕慢的作態？

（十四）

我的存在速如攝影機之快門
把僅能倖進的寸光都弄成顛倒
你們的憂鬱如雨後的傘
止合了仍要强流珠淚
墮落的棉球漸快吸盡我底豆汗

（十五）

海碧得逼出了夢　斷在歷史輪渡底馳航中
我們渾噩於時間的碼頭上　去去來來
生活本來就是現實涼鞋內的五個趾頭
小小的束約足令之無法擗除　且
赤如去殼老龜　醉念遠祖追兎之虛榮

（十六）

天才是蠢材之棺材　亦鬼才之横財吧
我許是頭欲吃野草而肥的馬
禁果的外衣要「裹」抑「裸」我底魂靈？
沸水中捕魚　我是亂中求利理的小輩
遂鯨飲一匙童子遺溺去傲豪未失童眞

（十七）

他們咀嚼玫瑰　以飢饉掩飾魯愚
我們吶喊於斯呻吟於斯
如夜雨　被遺忘於正瘋狂之頃
却備受詛罵於清醒之餘
因我們曾否認憂鬱為一可自解之腰帶

（十八）

一種遺傳。選擇面具作謝幕前之裝飾
我便一腳踢開重重的墓門
讓執拾屍骨的老人把我牢牢摯住
轉姿之際　你們的守待毋效宋人
是誰高喊：IT'S NOW OR NEVER？

（十九）

井蛙發怒　瞪我以兩目之眩圓
我曾試圖翻雲鷹視
以分辨 SANTA 與 SATAN 之高低
當滿街的腥臊泛濫若滿月下之潮聲
我們遂奮臂呼喚　於時鐘聳嚴底恫嚇下

（廿）

他們把挽欵腰的風雅向我傳授　謝謝
每一種時尚終會被握殺如哺育成的雞豕
夢幼稚得如未孵的卵未發的泥
來來　願否把未來擲於一注　去證明
待孵發的斷夢果屬强弩末底頹姿？

——六五、十、

丙午　天眞的押票

鞋聲之後

鞋聲自雨聲醒來　口仍緊閉
東風很瘦　瘦得本來就不配付在這張臉上
「沈思者」不是那天來的那人　也不是羅丹
你便隨意撒他一把
暮色如剛閉嘴的河馬
把滿袖子的虛鬱吞進那來自默默的顏容
可憐我這個好不容易才擠出來的笑渦吧
簷前的水滴耀在陽下如玻璃碎片
至於碎片本來就沒有意義

無聊得如待貫臭鋼般散滿一地
因英雄早經死去　因懦夫在吽在驕
（我們也在吽在驕）——
多此一擧？
蛇是有足的．先生
鞋聲之後　歷史呈出焚書後的變形
　　　　呈出上主的勸懲
　　　　呈出你的上唇
（你的上唇翹得仍蠻有神氣　此刻）

——六六、二

春訊

一個春天的構成　構成以默默
別再翹唇挑戰好嗎？
——矛析
——盾崩
沈沈乃預兆
一語嬉聲遂戮破百樣心情
因傲骨搗得得羈魂支離碎散
而晚風徐來　而烏雲一再
今夜的月圓得不安如此冷峻如此——

當首次接觸風時便要披襟
那夜的那夜，他們歡呼如時間
　　　　　殘忍如時間
我便在夜合樓前復吸第二夜的星斗
風起兮不冷
燈昏兮不慄
誰把拾來的蹣跚撤眼
並吐出未尖的舌頭
笑每一絲陽光總要孕育雨
還請諒我　只因我
——MADE IN HONG KONG

——六六・二

水仙

以淸溪爲鏡　向天地招手
頭非爲世俗而垂
腰非爲罡風而折
逍遙自得於域外之間
不要憐我寂寞
　與我同情
圈子雖狹　足容我獨自瘋狂

—六六、三

投廻

迷惘如懸空之錘
我便再一地奢求從喧鬧中攫取沈默
情感本來就是浪花——
　瞬起亦瞬滅於生的煙海間
你以回盼的嫣然抓住了一山落木
我不能忍耐　至少春天竟是如此酷愛野生

那人把額上那一隻眼睛圓睜
若獸　蹲盤以偌若氣球的傲慢
生命原來是揉合了平凡與不凡的——
如血如陽如火如花　同爲鮮紅的標記

我把信心自指縫溜放　一若光陰
讓與瑪利亞的渾黃同旋滅於默默城西
擠逼如是　絢爛如是　虛榮如爆竹
一聲巨響換來的只是一聲哄然
殘紅滿地　理智的掃帚竟收藏於
　　一個並不算吉慶的日子裏
他們迷信命運　若我之沈溺感情
六慾七情？　一聲咳後毋乃再復本然
慾望摩頂而至——
我被逼以愚公自命移掉心底火山
阮郎裸了　叫售羞澀皂囊
我的眉根有紅有痛有腫有風啊
你是那兒的醫者？
小心你是華佗　我是曹公

——六六、四

未被證實的風

未被證實的風已溜入
自重重困鎖的臉容間
而我仿傚了一個連老人也不會做的頹姿
去掛斷劍於荒塚之旁
然後用黑色去宣示這個不屬於靑紅的季節
那時候　我是一串動聽的謊言
雖然在解剖下便遁形不了
誰遂以唇遙吻那張竟然早睡的眼簾上？
這一夜　相信你會是寧靜的
（不過歌聲仍很嘹亮）

當示威的痲布被撕下於剛扯上之時
我清脆地聽到靈魂深處的裂聲
抖顫得如頭被弄喪了的餓犬
擺掃着身上的塵痕
會跳動的日子如今竟整列得近乎虛僞
弗慮弗思——
一團煙霧降繞於火山項際
若少女的臂膀
那不算是一種足以駭人和吃人的啓示啊
終曲後，餘響於危樑上徒有三日顫纏

誰會首先伸出左臂——
接迎這絲未被證實的風？

——六六、九

推

換一唇的笑有天眞的押票
啼聲自卵中呼出
曾紅了十度斜陽一抹霞光
猛揮手　抓住的總不是輪廻

沸騰自塵封湧現
模特兒的姿態仍是死漂亮死漂亮的
那無囊帛——
盡蓋工部深眉？

梧宮秋·吳王愁
咆哮原不慣
休望我把血瞳擠裂
此城不已遍佈萬道屍痕?

歸來不仗藍袍不驕翠袖
江山如畫 我是漏截了的豪傑
傲骨架草廬 潯陽壁上血
乞來半瓦——聊作古存

——六六・十

錮獄

（一）

只一回首　便把嬉聲自腋下擎住
鳳凰的姿勢遂乏緩
每一朵桃花盛放時總帶點血紅
而我的東窗已張　撲進摒自西窗的盲瞳
相信三月行人的步伐從此逝於吾心
行不得　胡不歸　忘不了
此一嫣然彼一嫣然——
一瞬間便是雲也只合哭於不辨龍蛇的斷碑上

（二）

某種心情　混之以葡萄之酸甜
我乃一串被扭成蛇一般的霓光

然後　讓舌尖露出齒外——
以面頰承受一天的碧
以手臂扛起一茫的藍
銀色在水銀燈下顯示出貧血之哀
你莫再提壺輕呵　因藍色不再屬我
因我早孤立於獨立的刹那

（三）

佛像點綴了此城的黑彩
若我依戀天眞於迷途之後絕望之餘
你竟凌波而來　可惜採薇的人早餓死了
猶之指頭留不住光勾不住風
黑咖啡盡傾於黑湖去吧
默默的相思未默化洪流——
怕逐夢唇邊　因太陽不再爲你而光耀
且加上一個暮春的陰謀

（四）

藍鐘花吐放於第五季後　急急　急急
他是偃來的　旗幟與背刺偃來的
不堪回首　歲月被渴飲以藍鯨之量
　　　　　　以武穆之志
便舉也不起肩際那叠叠映霞
扔一唇鮮血——
有韓信胯下不許見白頭？
隨風而疼的仍只是這顆不願拔的蛀牙

（五）

穀粒在沃土中竟然萎腐
驀地醒來見半身剝落
我便憑半票求換售蕩滌後之魂靈
此夜風雲　怒沈江月——
不住薄唇閃閃
試仰首窄門　鍊隔世界爲二

——六六、十一

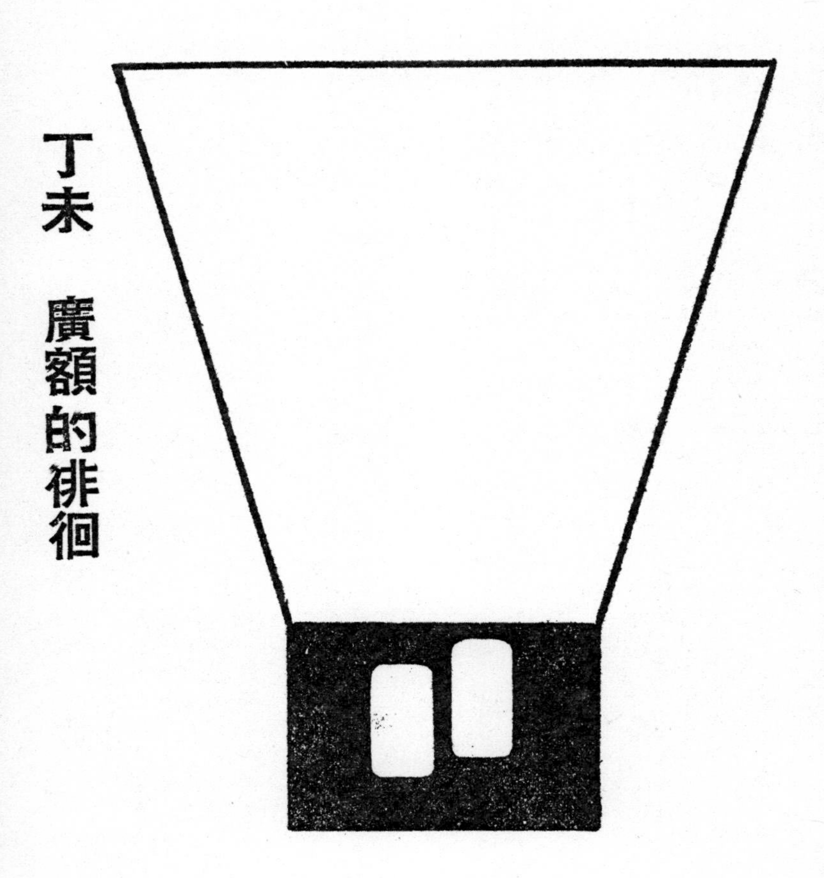
丁未
廣額的徘徊

巨像

徘徊於廣額之上　我遂肅然
缺唇的巨像兩顆外露的門齒很白
天空便一下子留出很多
很多的白
我作了一個行者的觔斗
跳上他的指尖
然後　撒一把汗一泡血——
宇宙登時竟收縮到
他那雙空空的眼洞裏

——六七・三

覺

鷹視永恒　永恒頓成彈指
我便返自流水高山
宣告歷史怎樣硬化
一夕落霞
一頭滯睡昏鴉
淚遍了千陵萬塚
遂瞿然醒見
我竟跪去不少個春晨

青春　猶之指縫的煙蒂——
浪費了幾許輕煙

燻黃了多少指頭
影子蹣跚而去　明月額際濺出
我遂以眼飲其中縷縷
並兜售千盅雲夢　萬盞霓虹
挾霹靂之豪
我是雙不能重溫的手

流波湧湧　幾許蒼蠅壁碰
是耶非耶一夢
不是桃園　不是伊甸
黑貂裘早塵封黯淡
可憐馬滑　多少龍門躍
强說出愁來　我信非如許少
拱形門的映照下——
我脫去的究是禮服抑是皮膚？

——六七、四

劫

盤膝縱目
信千風也闖不遍
如此坦蕩胸懷
一簾竿影
滿街蠅營
昨夜剩來花屑
唇角竟植出一樹紅棉

推枕還見
衾前飄落青髮絲絲

觚不觚
中國不中國
水窮處　誰擬北望？

鴻漸不待風雲
戎衣驚短
是誰俯首狼吞
億萬黃河血
亢龍非龍
林提三尺劍——
圖騰正奉膾蛇

——六七、六

碎

孩提突在歡笑中死去
隔牆的風很乾
縱扭折萬千長頸
也觸不及某樣山河
哨聲驚起滿目蕭條——
曾遍浴桃溪
一腮西風乍裂
狼藉黃昏後
光破危坐之頃
滿街盡是好紳士的風儀
疊彩碎碎
我無視那人的放大

——六七、七

頓

掌合曇開
一樹菩提躍
不愕不驚
栖楻早付風流處
回頭岸
劫三千
帝網樓台無在
休掃　一身花落
葉葉如來

——六七・八

越

懸赤練千尋蒼山萬仞
整列長城腰繫
你尙傲岸扶風翩然吐月
可曾跨絕　如此指掌鬚眉

來時總帶這般厲烈
斷頭不墜　縫之以一項刀痕
此夜魚龍欲遁
釘死的信非救主亦非叛徒

接連翻出滿地星河
不盡雲霞誰掃
倉卒玉移碧落
我竟摔成那千瀉飛泉

——六七、八

裂

作爲千夜之星雲
以倦目渴涸焚城之燼
柳井旁便再也歌不出如許疏狂
　　　　　　　　如許疙瘩
霍霍自翻覆醒來——
吃人的許是那半瓣殘蓮？

閃爍調笑後之乾寒
步音漸壓　擦去了幾度輕盈
你遂頻頻以睥色回報
今夕鴉落鴉飛　燈燃燈滅

誰願剪松碎竹
盡賞他彈指風流？

仍囚這麼多驚愕於臉
熊腰挺在五指如山之際
莫笑我神遊竭澤——
刺一身龍蛇不辨
數多少末代才人
一襟軒昂隨裂

凡圓熟的都早歸噤吶
冰塵逼我以磨鈍之巍峩
歡容是掛不着的征衣
抖落一地零霜碎雪
何堪平步——
祭壇上　憑誰還看本來？

——六七、十一

年

鑄億兆足痕
三萬六千還一笑
非苔
非獸
竹報殘紅遍地
堆百般歡容壓歲
萬戶桃符盡落
憑誰問：
我非我
我非非我

——六八・一

戊申　剝落的感性

後

回來時我已把路燈剔盡
聲音很渴
我是頭破羽飛不成的鳳凰
祖腹於十個太陽的日子裏
整個春天的綠色頓黯黯成灰

這裏有松　參千丈崖而不懼
這裏有我　裸呈於桑林祭內
以時伐木殺獸啊

遂隱然凄聽盤古在風中的呼喊
是誰掩嘴　笑我不履不衫

從不肯回首泥土的居處
你們是綠水　皺眉於半絲風下
且以我爲酷雪
令青山一夜白頭
或爲暴雨　落了亦艷了幾許桃紅

——六八、二、

破

喝悟間花葉依然
風雲無狀
我欲即物而不爲所累
可憐濤翻雪亂
翱翱處　驟聽羣山拼裂
碎落一度横眉
不羨弄蛇不思夢蝶
誰復傲以擊筑舞劍之豪

枕不過百代繁華
哭長歌已蝕
慮詩囊錯倒
覺餘散聚無形

鞭不起遍體斜陽
我是森然寰宇
瑟縮　自一末秋毫

——六八、八、

牆

感性來自剝落　來自肅立
舉目成雲
揮手成雪
一指戮不破千堆
鏡非圓寂
我把禪心吃膩
吐年月於盤膝之內
遂懷滿襟之虛空以待
待長嘯成灰
　狂號成塵
背陽的牆竟朝我而立
並掛上
一雙能翻青白的魚目

——六八、九、

失

千仞不樹
蕭條非來自江上
江上仍淘盡日月
目遂斷於瘡痍疙瘩
看骨灰薰汚欲裂之海棠
莫憑讖諱
鳳凰早搖不下千載的蒙塵
只一掌巨靈
便已橫秦嶺劈長城
此夜萬聖同悲　千河共咽
誰願輕彈滴血
還淹四海五湖？

——六八、十、

空

命運轉不出如此法輪
涅槃的鬧劇自金剛座中幻滅
當明星破曉　智慧便隨彗星殞落
此際心死風生　旛飛覺動
休再量度因緣苦集
微塵裏　悟證米庥幾許？
千手堆不成一樑一柱
菩提非我有　有我非菩提
仰臉而來　目落梵音數度
你們用嬉聲頂禮

更款擺魂靈於尊尊羅漢像前
讓低眉伴雪膚於快門一頃
賞楊枝半落
笑貝葉長青
誰在陽光鏡後數他千佛萬佛
好一個哼哈　木魚經吐剩斷珠串串

日子把秋吊成郎當的模樣
歌聲嗻着風聲吐舌而來
紅葉的荒唐業已洗盡
漁父用櫓擧出一响喊吶
馳航的輪渡原非慈航啊
輪廻普渡不了臉臉的茫茫
有魚龍　翻覆於灘涯自樂
我的根鬚就是腐蝕在這種沈潛

——六八、十、

晨

羣山把霧貼上空空的玻璃
煉火燃起一晨的慘白
我便在鮮奶瓶中浴去幾番醒意
並刮忽忽行色於剃刀之下
時間的輪盤內　我們下注多少個今天
重幃裹住了這樣子天空海闊
夢只是昨夜的海圖
綴拆於今朝的短褐
滴漏牽起一城的吆喝
獨你投棄鞋聲於曉鏡晨鐘之外
莫道風雲——
剪下來也駐不了誰的足印

——六八、十一、

紛落以後

——致祖國

就一口吞整個風暴之黯哽
紛落以後
杜鵑開不成去歲的狼藉
便寧願把頭顱擲給第一個花街的過客

繩索把玩於掌復移及項
危樑上三繞的再不是鄉音
我仰首於列燈之下
引我者竟非白臉無常

他們把外衣堆叠成那屍體的模樣
不要說你這張三稜鏡的臉
太陽只是那有五室的心房
讓某些不知名的熱血溺淹江湖

像一柄傘擱置於雨後的雕欄
我們參與而實負累時代的行列
怎的他會是最不願離座的醉漢
却滿盛旱雷於一個個斷頸的空瓶？

他們用大字報蓋頂笑雨點不大
歡呼有鯤鵬溺翔於器氣之間
再不是足跡——
詛咒的鞋底正拍壓一頭白虎

太極圖推半邊的黑與我
無有無不有——
那方文武廟前有人焚書折劍
這裏鳴鑼喝道的竟是一列風生談笑的儀仗

非關過渡——
誰復自破棺霍然躍起？
塵埃本來亦無一物啊
眞不曉得屠刀與棒喝如何成佛

便如此囫圇咽嚥孔孟朱王
看聖賢成爲迷你裙上的花飾
惟惚惟恍——
就多疊千層落架也窺不到牆外

——六八、十二、

己酉　鏜鎝的鬼雨

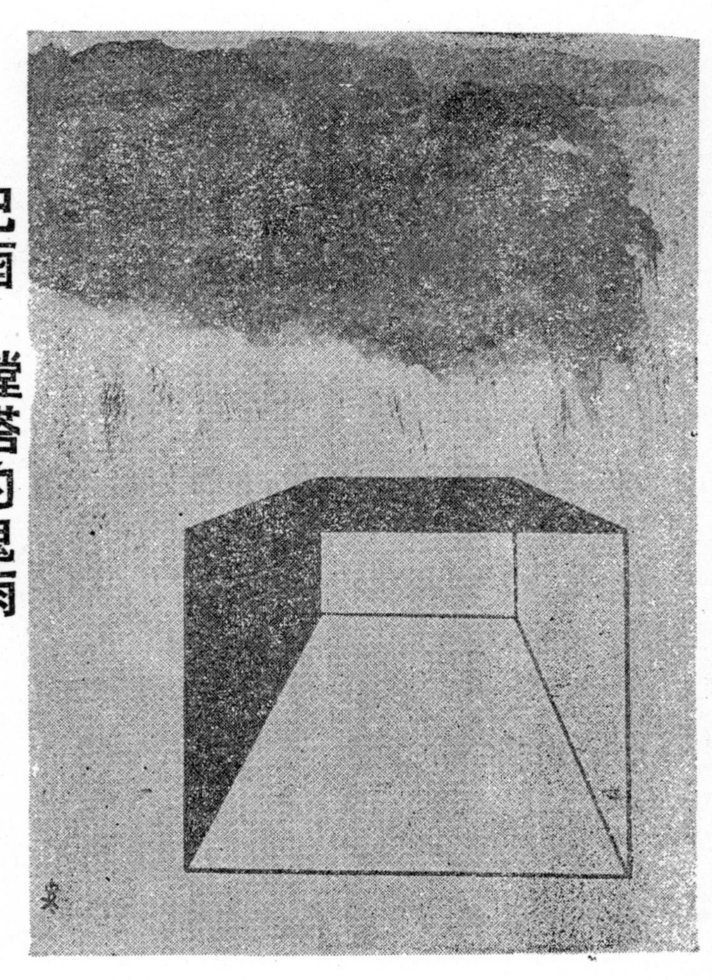

招魂

二月
江南不綠春風
輪下杏花碎輾
　皐蘭披徑兮
目極水窮兮
遂有肩摩及於昨夜今夜
今夜江南轂擊——
停止準
　備通過準

備停止

潮聲湧　潮聲退

魂兮歸來　不哀此夜江南

不哀此夜江南

江南烘烤着宋玉的楓林

「悲哉冬之爲氣也」

誰把標語貼在皺眉蹙額之間？

狐死再不首邱

落木無邊長江不盡

胡不歸於徘徊一夕

潮聲起　潮聲落

潮聲送魂歸於輪廻六道

攝氏六度

最後今天
彼黍離離
全院滿座
都在空城
潮聲響在玻璃洞內
悠悠我心
悠悠蒼天
此何人哉？
此何江南之魂哉？

二月
江南仍然不綠

——六九、二、

哀王孫

就一把梯子　轉汝成形

噢！五陵

年少竟載去自白馬自銀鞍

　　　自踏盡之落花

王孫不歸　王孫正在青雲路

老了的不是汝脣角膹吃的史前魚

而是汝之敦敦　汝之彬彬

也許汝會望鄉

坐看雲起也臥看魂飛

然後敲打着李賀的鬼
　以及莎誕夜的撒旦爺
然後談論遠方如果的戰爭
然後牧守馳坐之神
汝是天狼——
「回頭下望塵寰處」
汝遂以追遙擺弄左手的日月
也許汝會哭泣
繆思從驢背翻到錢幣的油污上
八時十分　熁火不息
「古壁生凝塵　羈魂夢中語」
生活的粉筆套汝以千圈萬圓
下自己的半旗
商標一樣汝吊在白玉樓前
也許汝會寂寞

待榆枋待蓬蒿
待六月去以之息
只是　如今是三月
　　是金市東
三月的金市東遂沉澱了那朶
傲岸過的蓮　那朶
很君子很君子的蓮
遍渡春風亦遍沐春風
誰復聯想如來掌上
那曾鏗鏘鏜鎝的鬼雨？

後記：週六與萱人，兆申諸友會余氏光中於富都酒店，有感於懷，剪影當時余氏印象一二，發而爲詩。「哀王孫」或過甚其辭，然實亦有耿介哽咽之痛，不得已也。

——六九、三、

憶

曾是好楚痛的一剎囘頭
看昨夜霓虹揑成紛紛雨血
怎的每一囘仍說不到夢
夢早在千年的花徑上鋪盡
記憶便是那扇怎也闔不上的重門
不求闖客——誰復帶笑推敲？

我們呼號的紙條早經失落
且囂浮若屢空之挈缾

相互碎碰於沈潛止水之內
是你割下鬚眉詠吟成柳絮？
可惜　如今亂撲行人臉的
只是一撮吹面不寒的骨灰

如此錯握這雙錯過的手
錯握這頭煉自煉火中的鳥
便一口氣把要控訴的都訴盡
讓搖曳的長髮結成一絲鞭影
然後策縱於斷橋底下
追拾一個瞪目的斷頭

那一陣子的蟬聲變得很澀
春曉之後　有風攀越夜夜的頹垣
他便從萎葉之間飛躍

帶滿掌饑吃的殘陽
不是沈淪不是超昇——
醒來原只爲孕育下一個的醺醉

歸時還是這般無可奈何
冷冷的杆欄屈伸着長長的落夢
熙攘的再不是你底喉音
旣濟未濟　大畜小畜——
如果笑一下便要收回
我寧願有一次被嚼嚼的經驗

——六九、六、

湖

小三那個店
熬一泡普洱呃
攞龍門也攞不下
如此劉伶如此呃陶令
莫賦閒情——
不准吐痰呃隨地
臭皮那個囊
臭皮那個囊
便挑挑撻撻你挑着

一壺天地撻來
風落天涯呃
天涯踐踏你兩鬢的斑駁
熬一泡好濃好濃的普洱呃
他媽那個的
他媽那個的
咱們原是同一面貌
　　同一食桌呃過客
博士是茶
生活是一盅兩件
管他這會賬算多了呃
勞什那個子
勞什那個子
宰了麒麟烹了呃鳳凰沒有

還有 這一席滿漢狼藉過歷
開喙有找，那邊有位
熬一泡好熱的普洱呃
你們把八仙的逍遙都困在冷氣內
黃鶴那個樓

黃鶴那個樓
咱們千年的翰墨哪裏去
潯陽壁上標出午夜市的特價
留名的本非飲者更非賢聖
便如此將古典典掉 以早報
以六安 以五加皮 以
小二那個店

——六九、七、

蛾

唯蛹蛻才是開端
匍匐之後
我穿過自己而成形
讓歷史仍結纏於疊緒層絲之內
緬懷永夜啞冷的吟哦
便破羽逍遙
首引於點點躍耀的光明
一展翅立翻成千聲歎頌
——如許翱翔竟掠揚不出
鵬程半里誰更把炎炎
灰燼復覆永夜的絲纏

——六九、八、

色

——one night before a X'mas card

迎面逆着斑斑斑的血色
斑斑的血色是半截未完的蠟炬
蠟炬燃過了耶穌的光
　　枯過了耶穌的淚
誰要把河山塗得死厚死重如此
嘻　在聖誕樹前我們早就有了
長城萬里　　　早就有了
三個及以上的一九七〇
剝得掉繽繽紛紛的蕭條

風眩於個個轉不成的輪廻底下
任花車載列出條條葉公的
臥　　龍

自聖詩與輓歌中
自油彩與山色間
連夕陽也立時顯得蒼白起來

——六九、十二、香港節

庚戌 鹽燭的熱鬧

偶然

竟然是一瞬的偶然
漩渦轉翻成一綻默默的笑渦
伊以盈盈注滿
　　如此慘慘淡淡的晨曦
那不再年青的青年啊！
達達的不是你底馬蹄
馬蹄早在落花盡處碎踏——
　　一個繽紛過的錯誤
誰甘讓青雲纏足牽袖？

頹垣上 尙烙有夜夜展臂的星痕
不是輕舟 也沒有猿聲兩岸
我們吃浪而來 排空而去
漩渦便竟聚凝爲一滴永恆

是伊把半垂的睫毛
勾留住這絲浪蕩過的流風？

——七〇、一、

熟

——給一個未生的圓寂

季節驀地自狂狷長成
而且過的日子便變得刺蛸
失笑俯山山——
輾轉又栽成另一次的圓熟
早就叫杜鵑不要開過三月
依然蕭條風立
掛滿簾子黃梅天的煩煩厭厭
夕陽是掃也不遍如此假死過的
　摰一姿垂穗衰頹般的　墓

惟手影方能雕塑亦方能毀滅
這些繭這些蛹這些足印
就這樣子再世於輓歌中
　不是因緣
　不是六趣
當臍帶給噬成一撮莫及的道德
涅槃便在胎盤證實
任早夭的啼聲結成一響
剎那的不朽
　　不要哀愁
　不需悲壯
輕彈指——
頓完成好一次未生的圓寂

——七〇、三

送　君

——給將返星洲的丫

君不自故鄉來　我也不自
君是不用鯤鵬也知北遊的武陵人
我却是自鎖在白玉樓的所謂天堂客
其實這就不是什麼雙城不雙城（註）
雙城早記註在曾是劉飃朱熹王船山的
故鄉內（那已故的故鄉喲）
君問歸期未有期
我們早寄駐在雙城外的先後兩年內
從陌路到相逢到相識到同路
到許許多多正經不正經半正經話頭
我說過君走的像是我明天的路
可是明天君却有君的歸路
嘻　其實這就不是什麼囘歸不囘歸

蓬山此去
君不自故鄉來却向君之故鄉去
君是羚羊——
把回憶與夢望掛在君之理想國
然後借風雲於這顆借來的彈丸
君臨於此　於此君臨
君是異鄉中異鄉人的異鄉人
這樣子塵寰實未堪君之逍遙
君是閒雲是金市東頭那一瞥的驚鴻
當擧翅扶搖
君願否回頭下望
燈火闌珊處
漸黃昏的那人？

七〇、六、

（註）「雙城」，指「香港」與「星洲」，此詞乃取自星洲總理李光耀在港大所發表之一篇演詞 "A TALE OF TWO CITIES"。

崩宴

（一）

記不起一隻雁如何在引逗中死去
只一推門
很鹽燭的熱鬧便淹窒了笑
顆顆人頭堆擁着胡盎的落寞
奔馳於靜坐
臉容模糊在叮咚的銀盤裏

（二）

總有一個日子是屬於未來
圓桌裏住了如此不安的寧靜
如鏡　裂出千種變形的混沌
當碎嚼自我若碎嚼一瓣金檀
破顏的莞薾竟暴發爲蕭蕭鬼雨
自那雙憂鬱成死魚的眼神內

（三）

七月狼藉於未散的晚筵
尊嚴便埋入一條脊椎的扭曲中
摺結成好典雅的一束絲帶
誰把滿地分不清的骨頭
唾吐出枝枝繪不成彩霞的禿筆
任幻覺一再複疊爲自視的眞像？

（四）

垂髮曳懸千鈞的聳態　於額
很離騷的眉鼻仍葬着一抹
不甚古典也不很新潮的藍
空靈早線裝在頁頁的胡言後
連彈指也蹂躙爲齣齣悲劇的圓完
是詩便詠吟於這幾囘俯仰之間

（五）

衆目不抬
四壁挾逼狹撲擊而來
散擅爲片片算不上清談的囈響
懶慵地在絕不舒暢的醒座中假寐
然後蠕蠕滑落
然後在千萬動而不動的軀殼間無形

(六)

每一次的收場總是如許擾攘
胴體肢解在杯盤的血紅上
饑餮壯志　渴飲笑談
雪過的汁液連唇齒都染得極獸
滿座風不生時　便長翳
也只尖瘦成好一柄戮心的七刃

(七)

情緒　當潰裂自盤古的崩薨
逸志便沿着喘哮的岩崖硬化
如裸婦　把乳汁洒爲千脈的濁瀆
讓客人以半醉的肌膚自濯
合什無心
一種禪竟熟於嚥不下的完卵內

一七〇・七

八角球

誰也沒有理由要求這球丟掉他的八角

誰也不能

（中）

角	球
向外	存在
還是向內	還是不存在
還是既內既外	還是既在既不在
還是不外不內	還是不在不不在
還是無外	還是無在
還是無內	還是無不在
還是不內而內不外而外	還是在而不在不在而在

還是連還是也不還是

（東北）

伊自漩渦調出一匙蜜味
白得不能再雪些
橫在如山的橫眉內
某些手形堆叠
翻上成雲　覆下爲雨
戰爭不戰爭地淡入
然後淡出做過的和平
　　做過的愛

伊一攤裸
就是那彎不迷也幻的亂虹

（東）

他們把一棵看似壯麗的樹欄　腰鋸斷說要看看他的年輪是

否維多利亞時期的然後又替　他接上一枝說是公道的拳頭
強要那棵沒有根也沒有芽的　樹開出一朵連蕊也沒有的花

（東南）

頭痛　或者
手榴彈
白被單　或者
帶焦味的壕
母親情人　或者
早經折臂的老友
SICKLEAVE　或者
多一個胡揷的歪十字
一角的床　或者
另一角的螢光幕

（南）

可樂廣告牌升起另一個雷同的晌午

轉左

銀行區在陰影下

投祢以臭豆腐臭豆腐的香氣

女士們都齊集了

讓胸脯逼出滴滴的慾

轉右

廣場曬着血鑄的碑文

你用千臉的栖惶爲自己殉葬

今日何日

電車軌輾過

適才挑撻而去的那雙鞋印

（西南）

猝然

你把生命濃縮於瞳
烱烱烱烱
伸會是綿軟的爪
揮空白以森然的排拒
逗引於一小格的微芒下——
你就是連頭也探不出的
總是自己爲自己掙扎的
貓

(西)

圖書館開在荷花的背面
圓圓
孤寂一如熟後的輪廻
向壁
架上線裝着自己的青春
蟹行着自己的神

我們從書目咭內檢翻出日子
且抬望眼
校旗驀地呆成一株蒼白

（西北）

那人狠狠的把自己戮斃
却找不到可以自首的地方

（北）

九龍城
怕怕　的士司機如是說
很擠很擠的那裏有條
比歷史還要難過的
有很多剝皮剝皮雪痛的
叫做「界限」的街
白線承也不了兩肩的輪轍——

那是條從機場跑道
一直癱瘓入黃大仙香火中的
蛇
大清早便壅塞在沒有宋王的舞台上

——七〇、九

後記

——從十八到廿三

這本詩集所收的作品，都是我近六年來詩作方面的一點成果。說起來，我寫作的歷史可以追溯自一九六三年間出現於星島日報學生園地的散文——「胡言集」，而在六四年底與友人合資出版的「戮象」一書，更可說是我早期作品的一個結集，但畢竟像樣的東西很少，而且大多有着頗爲顯著的模擬痕跡，詩作更屬寥寥可數；不過，自後我卻轉向現代詩方面發展，從六五年迄今，我大約寫了四十多首詩，收穫還算豐富。

本集共分六輯，每輯所標示的天干地支數字，不獨用以劃分各輯，更是它們寫作年份的標記；同時，輯中每篇詩作之後，我除了註明寫作的年月外，更以它們成篇的先後來排列。本來，起初我是打算以性質來作類別，後來發覺倒不如乾脆來一個「編年體」，更爲易於使讀者把握到我各期詩風的轉變——大致來說：「澱藍的構思」中兩首洛夫式的長詩，是我眞正投向現代詩門牆的第一枚石子，多少是受了我當時胡言式的散文所影響。至於「天眞的押票」中各篇，却是我從絢爛紛雜漸趨於平和淨化的心境下寫成的，那時候，大學的拱形門雖然曾帶給我某些哄嚇，而剛構成的春天仍具有若干程度的挑戰性，但我在這兩方面已能把握到較穩實的取向。到了「廣額的徘徊」和「剝落的感性」階段，我的作品竟變了一種帶有很濃厚的禪意或古詩韻味的小詩，與早期動輒百數十行的豪情放意，剛好成强烈對比；當然，其中仍有部分激情之作，尤其有關國家民族方面的，如「刼」、「碎」、「失」和「紛落以後」等，但仍或多或少的染上一點點玄思逸意。可是，求變是每一個詩人對自身起碼的要求，「瑟縮自一末秋毫」後，「森然寰宇」始終可以作無限的擴延，「鎧鎝的鬼雨」便是我企圖揉合並化解這數年的詩風而產生的一種以古典爲貌，以現代爲神的「

實驗詩」，從「招魂」到「哀王孫」，從「蛾」到「泖」，我這種大膽的嘗試獲得起碼的成就——不過，隨後爲了「很碩士的虛榮」，我把大部分的精力和時間都投注在內，因此，儘管也曾斷斷續續的寫了一些相類的實驗之作，但距離自己的理想仍遠。「鹽焗的熱鬧」中各篇，正是這紊亂時期的作品，其中只有最近期的「八角球」是我比較滿意的，也是我用以開拓另一條詩作路向的敲門磚。詩人的觸角總要伸向四方八面，雖然他的內心世界却是一團別人永遠看也不透也摸也不着的玲瓏。

也許我不該替自己的詩作這麽多的解述，讀者自我嘴嚼的所得才是最佳的說明，同時，時間亦是一個最耐心最公正的批評者。在這個只談價格而不談價値的年代裏，「藍色獸」的出現究竟能引生起多少議論呢？不過無論怎樣，這本詩集可以說是我從十八到廿三的一個「斷代」的自選集，也是我寫作生命中的一面里程碑。

最後，感謝蔡炎培、吳萱人、莫國泉及藍馬、文秀朋友的鼓勵，當然，還有我的禮拜六。

羈魂

一七〇、九、十七午
於港大馮平山圖書館

羈魂（胡國賢）
廣東順德人
一九四六年生
香港大學文學士
現在港大攻讀碩士學位

新書簡介：《藍色獸》　藍凌

《藍色獸》是本港青年詩作者羈魂的第一本詩集，從這本詩集，我們可略看到目前一般青年詩人所走的路及一位青年詩人的藝術結晶。

《藍色獸》共分為六輯，由「澱藍的構思」到「鹽焗的熱鬧」，詩風顯然有很大的改變。「澱藍的構思」深受著洛夫《石室的死亡》的影響，詩的語言扭曲得很厲害，而內容是探討著現代人所遭遇到的困境；自我的掙扎——對於愛情、死亡的困擾。

到了「鹽焗的熱鬧」，那一輯詩人已從個人而俯望到他面對的社會，我們看看〈八角球〉中的「北」：

九龍城
怕怕　的士司機如是說
很擠很擠的那裏有條
比歷史還要難過的
叫做「界限」的街
白線承也不了兩肩的輪轍——
那是條從機場跑道
一直癱瘓入黃大仙香火中的
蛇

〈八角球〉是最新之作，作者嘗試著另一方向的探討，至於他中期的詩風是如何呢？看看他的「廣額的徘徊」及「剝落的感性」兩輯，就可以了然。

這兩輯詩接近周夢蝶的風格，古風與禪味頗重，我們讀讀其中一首〈頓〉的小詩：

掌合曇開
一樹菩提躍
不愕不驚
棲惶早付風流處
回頭岸
劫三千
帝網樓台無在
休掃　一身花落
葉葉如來

綜合整本詩集；我們可以略將之分為三個階段：自我探索——頓悟——面對社會。而我們可以這樣說，羈魂的詩用典很多，處處很著痕跡，個人並不十分喜歡，整本詩集，我比較欣賞一首題為〈沏〉的詩，此詩語言非常白，接近口語，但不失其詩的活力，而我相信現代詩應走這條路。

對於這本詩集的評價，每一個人的欣賞角度不同，難以界定，我只是衷心的希望有心於現代詩的朋友能讀讀這本詩集，看一看香港的青年詩人的心血。

羈魂的〈八角球〉

路雅

當你面向圓的時候。圓便成了方。無須或者。我們可以肯定那種經驗是痛苦的。內在世界散射出來的生活感受，加上現實所接觸到時間與事件的分裂，造成一系列迴環不截的疲憊和厭倦而引發出來的漠然。那就是羈魂所寫的那輯新詩〈八角球〉的主要骨幹。或者我們可以不重視「它」擺出來的姿態，但千萬不可忽略他潛在的動向——痛苦的經驗不在「東北」或「東南」。而在「西北」那短短的兩句：「那人狠狠的把自己戮斃　却找不到可以自首的地方」「北」的九龍城與「南」的中區也很夠城市味。雖然「東南」掛出來的招牌比「東」更大，但兩者都是一筆情感投機的生意。「西」的清淡與「東北」的情趣成為一種對望的呼應。無話可說的就只有面貌不清的「西南」了。喜愛羈魂的詩的，應該立刻購買他新出版的《藍色獸》了。說到看詩看得夠過癮的，還是上期刊出的〈八角球〉。因為你可以從任何一段看起也不失減半分味道。收進詩集的時候，那就變成一隻遇上了籠的獸了。這是可惜可惜得很的一回事。

養在塔裏的「藍色獸」——評羈魂詩集　路雅

那是一種文字上的壓力：至少在事前要作一下深呼吸，才敢去讀羈魂的詩。從開始認識他，與他一齊讀詩、寫詩、談詩，到他的詩集出版，我一直都對他說，我難以觸感他的作品。第一，受不了他的文字給人的負担；第二，彼此的生活與思想有一定的距離，造成我們間的交通障礙；第三，覺得他的詩很多時缺乏詩所應有的韻味，這多數是刻意經營文字的金字塔和過份堆砌意象所造成，尤其是他早期作品裏表現得非常尖銳。

不過，話又得說回來，我的感受，是發於情感上的喜惡，與詩學價值觀念完全扯不上關係。香港沒有幾個年青詩人具條件出詩集，如果我們不數戴天蔡炎培他們，而與羈魂同期的詩作者，寫得兩首好詩的很多，能夠出集的，怕沒有幾個；正如能夠寫短篇小說的也有些好手，可惜作品就不多，和台灣比較，我們是比人家懶得多了，這也許是香港文壇總是不能熱鬧起來的原因之一吧！

早幾年的羈魂算是一個勤奮的作者，他是個資質頗高的人，所以香港填鴨式的教育難不倒他，從他中學時期在星島學園寫「胡言集」時的發表狂可以看到，他不是一個精英教育可以打垮的學生。由皇仁到港大，他不斷創作和進修，直到他接編《學苑》的時候，便開始做評詩的工作。三年大學生活裏除博回個一級文學士，更在古典文學裏鑽研了一段頗長的時間；但讀書的輕鬆，友人中數他是第一個了。

他的沉默是進了港大研究院之後，而他的創作也是在那段時間起了最大的變易，像一柄鋒芒畢露的寶劍找到了劍匣。他回歸到文字單樸純淨的面目，從多元意象的發射到單元的聚合，及至內在世界的投向與歸認，他開始把握到核心的衝擊，〈熟〉應該是一個最好的例子。〈偶然〉也有點詩畫結合的韻味，和〈藍色獸〉及〈斷夢之形〉的冷兀生硬的感覺，實在有一個很大的差異。

在自己的後期作品中，羈魂最欣賞〈八角球〉，這篇詩我在《文社綫》裏也作過短評，其實那是一篇初看過癮，越看越乏味之作，尤其是搬進集子之後，那一段「中」的堆砌更覺形跡畢露，所以技巧過份純熟而又處於一個內容荒瘠的環境下實在是一件很危險的事。

蔡炎培說洛夫的毛病就是把詩扭了又扭，其實羈魂也愛耍耍文字的功夫。從早期的同聲疊放「很秀很瘦的獸，很藍很棽的男」，「我們來自醉後的最後」，「我遂打滾於巨蟒與巨網間」，「一頭振翅的蟬正化落於悠長的柔腸內」，到後期的拆詞「大清早便壅塞在沒有宋王的舞台上」，「叫做界限的街」，我們不難看到羈魂的手術怎樣地超乎熟練。但很可惜，這樣做法除了給人一種奇趣的感覺外，實在想不出它有甚麼更深的表述？最不幸者，這種奇趣除了讓人萌起將文字賣弄外，却贏不到別人的感同。

羈魂的小詩比較長詩好點，我就很喜歡「廣額的徘徊」裏那輯詩，他的詩句常常都很夠氣勢，有一種俠士的豪情：「信千風也闖不遍，如此坦蕩胸懷」與〈越〉一詩裏的前一段寫的四行也是。一出手就能夠如此夠氣魄的，同期詩人恐怕沒有多少個了。

羈魂早期的詩很受洛夫影响，兩首長詩形跡斑斑可尋，就算羈魂自己在〈後記〉裏也這樣承認；直至近期的作品，亦未能完全擺脫洛夫的影子，可見根植得如何地深。事實上羈魂不僅受洛夫所影响，有一段時期，周夢蝶對他創作也頗具左右；〈頓〉、〈年〉等篇最成典範，近期的〈熟〉也不離禪的味道，但行與行之間已碎割得厲害，早就沒有承受因果的含接。

我以為羈魂最大的成就，是在詩語言方面的鑄造，一個出身於英文中學，而又在港大畢業的，竟然對中國古典文學亦有着如斯深厚造詣，實在令人驚異。我相信他也不否認，三年的大學對他的創作幫助不少，最少在表達能力方面，他已沒有字不從心的困難，有如遣兵派將，每個字來到手裏，都能夠輕易地把它安放到合適的地方。因此他的詩語言特別豐富，很少在他的作品裏，找到熟口熟面的句子。他幼唸英文書院，又畢業於港大，却沒有在作品裏帶來一大堆外來語，是最令人奇怪的，就算歐化詩句也不多見。他創造了很多新的語言，却是富於中國味的，這裏應該記上一筆功勞；但可惜的是，除了創新了一套自己的語言外，他的作品多半都是大堆未經消化的意念，從繁雜紊亂中便難以找尋到詩應有的透明（〈八角球〉除外，可惜該詩缺乏深度，不是借別人的經驗便是流於表面的描寫）。羈魂要表現的東西太多了，以致有時使他應接不暇，造成流產。我想假如他不是那麼心急，慢慢來，等候意象成熟，再來一番去蕪的工作，那麼將來的詩一定會有輝煌燦爛的日子。我知道他有很多時在電車拿着車票或者在茶樓拾起廢紙，只要靈感一到便立刻成詩。這點除了證明他是個如何具有才氣的人，還證明他喜愛即興手法，而有時難免欠缺詩的純粹，也是可以想見的。

能夠向多方面探索是藝術工作者一種起碼態度。我們不妨把自己假設為鐵匠鎚下的鐵塊，就入得火也浸得水；生活面要張得廣也要進得深。至於技巧，也是活的；如果不能一變再變，就算不是寫詩，散文小說也一定寫不好！

希望羈魂不要把自己養在大學的塔裏，我始終覺得把自己劃在一個知識份子的圈圈裏，而恥於去體受民間的疾苦，是一件很叫人可惜的事，我不知道蔡炎培指的「同情」是否即此，或近此？總之是獸，應該讓牠自由。

騎藍色獸進來的醉客——一首詩的讀後感

黑教徒

沏

小二那個店
熬一泡普洱呃
擺龍門也擺不下
如此劉伶如此呃陶令
莫賦閒情——
不准吐痰呃隨地
臭皮那個囊

臭皮那個囊
便挑挑撻撻你挑著
一壺天地撻來
風落天涯呃
天涯踐踏你兩鬢的斑駁
熬一泡好濃好濃的普洱呃
他媽那個的

他媽那個的
咱們原是同一面貌
　同一食桌呃過客
博士是茶
生活是一盅兩件
管他這會賬算多了呃
勞什那個子

勞什那個子
宰了麒麟烹了呃鳳鳳沒有
還有這一席滿漢狼籍過麼
開嚟有找，那邊有位
熬一泡好熱的普洱呃
你們把八仙的逍遙都困在冷氣內
黃鶴那個樓

黃鶴那個樓
咱們千年的翰墨哪裡去
潯陽壁上標出午夜市的特價
留名的本非飲者更非賢聖
便如此將古典典掉　以早報

以六安　以五加皮　以
小二那個店

假如你是個身處香港的中國知識份子，假如你現在除了玩玩彩雀，閒餘就帶著一把白鬍子上茶樓去公園，或者躺在安樂椅上，晒著對面反射過來的陽光；假如你現在讀了這首〈沏〉，你會幻想起甚麼呢？

〈沏〉，是收在羈魂詩集《藍色獸》的其中一首，亦是全集中用字最簡單最令我感動的一首。首先，作者詩中的醉客，相信是指所有身處香港老一輩的中國知識份子。由於政治，很多原在中國本土的學者南來到港；有些成教授，有些成專業作家，有些則瑟縮一隅成了出版家。他們的靈魂縱然仍流浪在中國的南北風雨裡面，但，肉體，就廉價地押當給香港：

宰了麒麟烹了呃鳳凰沒有
還有這一席滿漢狼籍過麼

作者把他們當作是喝醉酒的流浪漢，醉人醉語，道出眼前中國文化的哀愁淡淡。因此，作者用他的墨水，「沏」了一杯醒酒的茶，希望廣廈千萬裡面有人醒過來，希望鼓中國文化暖暖的一口氣。

小二那個店
熬一泡普洱呃

一開始，作者就用輕快的語調，介紹出香港現狀：

擺龍門也擺不下
如此劉伶如此呃陶令
莫賦閒情——
不准吐痰呃隨地
臭皮那個囊

作者用熟練的語法，把香港人形容得淋漓盡緻。一些店鋪每每掛有禁止隨地吐痰的告示牌，而告示牌下，就是那些像被隨地拋棄的香港小市民，把香港人和痰一樣的看法，寓諷刺於悲哀。

天涯踐踏你兩鬢的斑駁
熬一泡好濃好濃的普洱呃

在這裡，句的字數延長了，語態淡薄！有一種無奈的味道。溫柔敦厚，作者亦本此精神；我們可以發覺句中用「踐踏」而棄「飄泊」等字眼，反映身為詩人的責任。的確，中國的文化道路是艱險的，尤其在香港，荊棘千里，往往能怯人於途，畏人於路；雖然如此，作者仍是「踐踏」過去，腳踏鬢跡斑斑，低吟著那壺普洱「好濃好濃」，說明了如有信心，那壺濃普洱，就可以解醉千人萬人，雖然，濃茶是苦。

博士是茶

生活是一盅兩件
管他這會賬算多了呃

「博士」，相信作者非定指真正持有學位的博士，而是指某些文化學者。在香港，很多所謂文化學者，不過是像茶樓一些叫賣的點心；款式繁多，味道各異，緊隨著食客的口味；不問前途，不求理想，只關心「這會賬算多了呃」，他們就是作者眼中的「博士」。
那為甚麼「博士」把自己擺在茶樓當點心，作文化界一點小小的裝飾？聽……

留名的本非飲者更非賢聖
便如此將古典典掉　以早報
以六安　以五加皮　以
小二那個店

小二那個店是個甚麼的店？是香港，是香港這個工商發達財慾爭榮的店。生活不是六安就是五加皮，或者是一份早報。要留名，作者告訴我們不能靠一部《紅樓夢》，或一部《水滸傳》、《西廂記》，或者一本厚厚的《聊齋誌異》；一切一切，就交給股市行情和金融消息或賽狗馬消息替我們想辦法，在香港。

黃鶴那個樓
咱們千年的翰墨哪裡去
潯陽壁上標出午夜市的特價

詩如菜名，文章如標價，哀哉！

從整首詩來看，「茶」在詩中是有生命的機體。我們可以細心察見「茶」在詩中所佔的重要地位：第一段開始，我們看見小二開了一壺普洱茶，沒有誰喝。第二段，那壺茶已經泡得很濃了，但仍沒有誰喝。第三段發展，普洱茶已由濃熱到冷淡，作者依然沒有交代有沒有喝那壺茶。到詩的第四段，作者才稍稍告訴我們，「熬一泡好熱的普洱呃」，到這裡，茶已到了一個最高潮，「熬一泡好熱的普洱呃」是個問句，是醉客的要求；那麼究竟店小二會不會給他重新泡一壺呢，亦或者只給他開一些白開水呢？作者到此，運用技巧給讀者及有心人一個猜想的機會。還有，作者用字非常深刻精確，「熬一泡好熱的普洱呃」中用「熱」而不用「濃」或「香」，使全詩的氣氛更形周到。因為「熱」就代表每個知識份子的內心熱誠，亦是作者認識到單靠「香」「濃」並不能解去醉客的酒意。

現代詩很多人認為只是一些意象的堆砌，缺乏完整的血肉內容。在〈沏〉中，我們則可感到現代詩中的親切，表現出作者高度的表達技巧，尤其口語方面，以國語的俗句入詩，及倒裝語法適當的運用，使全詩生色不少。惟一點不足的，就是加插廣東話「開嚟有找，那邊有位」，給讀者有突兀的感覺。

近日看羈魂發表的詩，已有一種非常投入的生活體驗，讀他的詩，你會聽見一個詩人生活中起伏的呼吸，以及一陣醒酒的茶香。

藍色獸——三面——折戟　帆

或許我們會覺得羈魂的歷史很平凡——

他真名是胡國賢、四六年出生、中學時代開始叩現代詩的門、不竭的發表作品。然後進了港大、拿了個BA、再入研究院。步出象牙塔後，在一家中學執起教鞭，現在娶了妻生下女兒。

平凡本身有甚麼不好？

其實羈魂所走的路，我們還不是一個跟一個的步他後塵？

但他比我們多了點點鍥而不捨的精神。從第一首「藍色獸」起，羈魂努力地將作品集成本子出版。從十八到三十三，文學道路上迂迴曲折的創作經驗，又怎會是一段平凡的故事？

第一個觸動羈魂深心的作家是洛夫。六〇年初，現代詩如一泓凜冽的酒，醉倒了香港臺灣愛文學的人。羈魂於六五年間發表了〈藍色獸〉和〈斷夢之形〉，是模仿洛夫風格的兩首長詩。尤其是前者，除了感覺它是首灌注豪情下的狂歌之外，就是文字奇詭晦澀，意象複雜，有點不知所以。在初試啼聲的創作階段裏，在肆意表達那頃刻的衝動之間，有誰在意作品離開作者之後，會遭遇如何的評價？

創作生命的誕生往往就決定於這一刹那！

六〇代初期文社熱鬧，鑄造了一個又一個年青的耕夫，羈魂之外，有鍾玲玲、也斯……但這股狂瀾在七八年間又歸沉寂。文社潮的衰靡，令剛入大學的羈魂重新檢視文學的路向。文學再不只是一種自娛的兒戲，它是個忠實的反映，讓作者坦然流露自己另一面，文學的表現又將這情操升華。他仍然視文學為個人的表達。

知識分子不應更不能漠視現實的撞擊，六七暴動、七〇年初保釣中運，令羈魂驀地拾起他一直忽略了而又極重要的一環——文學與社會的關係，於是嘗試從個人的世界跳出來，環顧周遭，重看那山河那同胞，在《藍色獸》裏，不乏悲壯的有關民族家國的〈劫〉、〈碎〉、〈失〉和〈紛落以後〉。此時的羈魂，在題材與視野是擴闊了不少，而且大學年代裏在中國古典文學長時期的鑄煉，文學技巧漸臻成熟。七六出版的《三面》與六年前的《藍色獸》比較，風格與文字方面，有着鮮明的改變，「他回歸到文字單樸純淨的面目，從多元意象發射到單元的結合，及至內在世界的投向與歸認，他開始把握到核心的衝擊」（註一）他的詩開始以生活的素材為基礎，天南地北的團繞着周遭的人與事、是初生的女兒，是久違的摯友，是對天地一剎那的觸感！有人批評羈魂太自樂於知識份子的框框，而未勇於將生活推展到社會大眾的層面，讀者看到的新作「折戟」，仍不是詩人＋家庭＋學生＋一點點逸興飛思？

但是當我們看看問題的另一端，當我們知道這些對作品的回響只似殘喘般稀薄的時候，對香港文學的前途，那份無奈豈不更深？

上升——突破——平穩——？

當然我們期盼詩人再來一次重大的突破！

文學是生活的反映，是意趣的寄託，是感情的凝練提昇——羈魂肯定了這個信念。他一直愛詩，在於它擅於捕捉一剎那的匆匆，不論是即興的偶拾，或是緣於某事的感傷，羈魂都樂意透過詩與我們分享。

「也許，詩不能證明甚麼，詩人也沒有甚麼證明，但，堅持要寫下去的，總會有一些甚麼甚麼的吧！」（折戟自序）

與羈魂一夕話，覺得他目前家庭——學校——詩社（詩風）的三線生活，很愜意平穩。誠然，這三個框框都需要他獻出愛與苦心，而我們要求詩人於那有限的生活經驗中，創出動天地泣鬼神的巨著，似乎是過早的要求。對文學逐漸冷感的風氣當中，如果多些人願作羈魂這樣的肯定：「至少，它可以為存在過也生活過的生命作見證。」也許會為寂寥的文壇掀起點點喧鬧。

註一：節錄《三面》的附錄：〈養在塔裏的《藍色獸》——評羈魂詩集〉（路雅）

咆哮與呻吟——《藍色獸》復刻版後記

羈魂

《藍色獸》是我第一本新詩結集，一九七一年初於台灣出版，屈指算來，已是半世紀前的事了。當時適值文社潮沒落而詩社潮未起的青黃不接期間，我這個「文青」，正徘徊於象牙塔與十字街頭之間，竟有幸得到彼岸文友垂青，怎不欣然允諾；何況，那時候台灣的現代詩風吹得正盛呢！

至於《藍色獸》為何會在台灣出版的始末，我曾在《詩路花雨》一書中交代過。不過，既然復刻此書，不妨在此再概述一下。

文社時期，認識了一位文友何步正。大家雖屬不同文社（他是華菁文社的成員），卻一見如故。那年他負笈到台灣唸書，我還親到西環碼頭道別。後來，他和幾位年輕文友在那兒創立環宇出版社，其中的《萬年青書廊》叢書，便是以文學、歷史，以至思想性的作品為主的。不知怎的，某次通信中，他忽然提及希望出版一些年輕作者的創作集，還邀請我合作，為該系列叢書出版第一本詩集。就這樣，「藍色獸」竟比牠的主人更早一步闖出了香港這彈丸之地。（我第一次往台灣已是七十年代中的事了。）

可惜，由於兩地相隔，設計、校對，以至印刷等問題始終難以照應，集子在製作上也因而出現了一些瑕疵，例如：文句的錯失、插圖效果欠佳，甚至「出版日期」的遺漏等。不過，最令我失望的，卻是莫國泉兄為我精心繪製的封面，竟變成該系列叢書的「樣板」設計；顏色也由我心儀的「藍」改成平淡的「灰」。外地出版，鞭長莫及，奈何！

想不到，五十年後，在老友路雅和年輕詩友黎漢傑的支持和鼓勵下，《藍色獸》終於能以既舊還新的面目，與大家重聚。我說的「舊」，是指此書基本上按原版式樣復刻，因而封面、插圖、排版等，一切如舊；至於「新」，則是增添了幾篇當年於出版前後，對整本集子或其中詩篇的評論文字。當然，原版某些文句及分段的錯漏，也盡量修正，以免訛誤下去。

無可否認，「從十八至廿三」，原只是「青青子衿」「強說愁」的歲月。面對學業的壓力、愛情的困惑、前景的迷惘，以至家事國事天下事的衝擊，發自年輕心靈的，究是無端的咆哮、無病的呻吟，還是真箇有些甚麼甚麼的呢？於今重讀，又該汗顏啊，還是展顏？

是〈藍色獸〉中「你來　以眉鎮住眾眼的恐懼」與「我是獸　吼在沒有影子的森林」那股霸氣？

是〈斷夢之形〉中「號角響罷我們來自醉後的最後」與「讓執拾屍骨的老人把我牢牢擎住」那份不甘？

是〈水仙〉中「以清溪為鏡　向天地招手」與「不要憐我寂寞　與我同情」那絲自賞？

是〈投迴〉中「至少春天竟是如此酷愛野生」與「小心你是華佗　我是曹公」那剎衝動？

是〈推〉中「休望我把血瞳擠裂　此城不已遍佈萬道屍痕」與「江山如畫 我是漏載了的豪傑」那派狂傲？

是〈越〉中「懸赤練千尋蒼山萬仞　整列長城腰繫」與「斷頭不墜　縫之以一項刀痕」那

種豪情？

是〈破〉中「不羨弄蛇不思夢蝶　誰復傲以擊筑舞劍之豪」與「我是森然寰宇　瑟縮自一末秋毫」那番掙扎？

是〈失〉中「看骨灰薰污欲裂之海棠」與「誰願輕彈滴血　還淹四海五湖」那陣低吟？

俱往矣！咆哮也好，呻吟也好，到頭來，不已讓歲月無聲無息地，消磨淨盡……？

也許，《藍色獸》始終仍是頭「很秀很瘦的獸」，但，作為個人寫作生命中的里程碑，我還是樂意把牠再重新面世。——「總要讓自己的喉為自己發放；那不是一個將軍的斷頭，更不是假先知的時尚臉。」昔年〈焚歌夜〉裏的壯語，於今猶深深縈繫，惟盼將來也得以倖存不失吧！

——二〇二一年四月一日愚人節

復刻系列

藍色獸（復刻影印版）

作　者：羈魂
責任編輯：黎漢傑
法律顧問：陳煦堂 律師

出　版：初文出版社有限公司
電　郵：manuscriptpublish@gmail.com

印　刷：柯式印刷有限公司
香港北角屈臣道 4-6 號海景大廈 B 座 605 室
電話 (852) 2565-7887 傳真 (852) 2565-7838

發　行：香港聯合書刊物流有限公司
香港新界荃灣德士古道 220-248 號
荃灣工業中心 16 樓
電話 (852) 2150-2100 傳真 (852) 2407-3062

臺灣總經銷：貿騰發賣股份有限公司
地址：新北市中和區中正路 880 號 14 樓
電話：886-2-82275988 傳真：886-2-82275989
網址：www.namode.com

新加坡總經銷：新文潮出版社私人有限公司
地址：71 Geylang Lorong 23, WPS618 (Level 6), Singapore 388386
電話：（+65）8896 1946 電郵：contact@trendlitstore.com
網店：https://trendlitstore.com

版　次：2021 年 6 月初版
國際書號：978-988-75149-9-2
定　價：港幣 88 元 新臺幣 270 元

Published and printed in Hong Kong

香港印刷及出版